天◎著

妙语春风

王春天诗选

MIAOYU CHUNFENG

群众出版社

图书在版编目 (CIP) 数据

妙语春风 : 王春天诗选 / 王春天著 —北京 : 群众出版社 , 2020.3

ISBN 978-7-5014-5927-8

I . ①妙 ... II . ①王 ... III . ①诗集—中国—当代 IV. ① I227

中国版本图书馆 CIP 数据核字 (2020) 第 040649 号

妙语春风——王春天诗选

王春天 著

出版发行：群众出版社
地　　址：北京市丰台区方庄芳星园三区 15 号楼
邮政编码：100078
经　　销：新华书店
印　　刷：天津盛辉印刷有限公司

版　　次：2020 年 3 月第 1 版
印　　次：2020 年 3 月第 1 次
印　　张：3.75
开　　本：880 毫米 ×1230 毫米　1/32
字　　数：10 千字
书　　号：ISBN 978-7-5014-5927-8
定　　价：32.00 元

网　　址：www.qzcbs.com
电子邮箱：qzcbs@sohu.com

营销中心电话 :010-83903254
读者服务部电话 (门市):010-83903257
警官读者俱乐部电话 (网购、邮购):010-83903253
综合分社电话 :010-83901870

王春天个人简介

王春天，汉族，1988 年 1 月出生，大学文化，中共预备党员，全国公安系统二级英雄模范。2014 年 12 月参加公安工作，曾为黑龙江省齐齐哈尔市公安局巡特警支队科员、铁锋分局新工地派出所科员，生前任齐齐哈尔市公安局铁锋分局新工地派出所四级警长、代理副所长。

参加工作以来，他扎根一线、恪尽职守，为维护辖区稳定、保一方平安作出了突出贡献。2016 年获齐齐哈尔市公安局嘉奖，2017 年被评为“优秀公务员”，2017 年、2018 年连续两年荣立个人三等功。身为社区民警，无论是在安保维稳工作、“扫黑除恶”专项斗争中，还是在办理治安案件、基层基础工作中，他都冲在前、干在先，以他名字命名的“春天警务室”把“铁锋式枫桥经验”完美融合到工作中。特别是新型冠状病毒肺炎疫情发生以来，他从 2020 年 1 月 23 日开始一直吃住在所里，夜以继日坚守工作岗位，全力以赴抗击疫情。2 月 11 日 14 时许，他在疫情防控工作中执行小区封控任务时，因劳累过度晕倒在工作岗位，经抢救无效，不幸牺牲，献出了年仅 32 岁的生命。

瓦西里俄罗斯音乐酒吧

大庆师范学院
入口

人民公
POLICE

警察
警察
POLICE

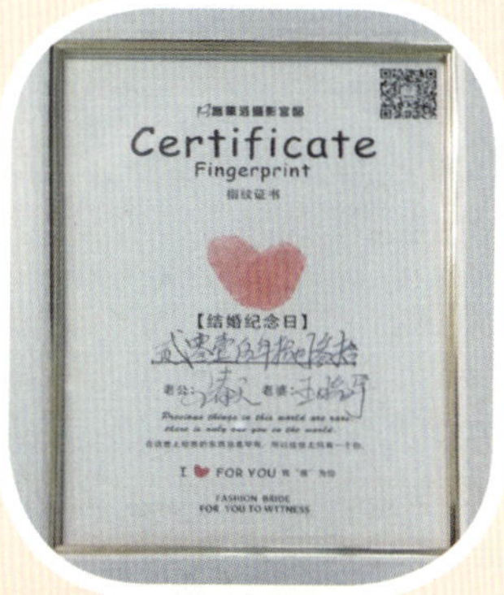
Certificate
Fingerprint
指纹证书
【结婚纪念日】
I FOR YOU
FASHION BRIDE
FOR YOU TO WITNESS

妻子的一封信

亲爱的：

原谅我到现在还是无法从伤痛中走出来，我实在是无法适应没有你的生活。有你的生活总是阳光明媚，我们的小家也总是欢声笑语。如今种种，我就不与你详述了，免得你担心。虽然我沉浸在悲伤中，但是我并没有让你失望，白天我总是打起十二分精神照顾孩子、老人，他们都很好，不用惦念。你的后续事务，我也是尽十分努力妥善处理。当然，仅凭我一己之力，难免捉襟见肘，幸好有党和政府、新闻媒体、社会爱心人士鼎力相助，一切都逐步走向正轨。

知道你一直有个文学梦，大学时就是文学院公认的文学青年，好友也总戏称你为潮儿（时代的弄潮儿）。毕业前你在“醒狮文学社”当编辑，还曾想自己能成为一个有社会责任感的作家、诗人，偶尔也有感而发，在QQ空间里发一些短篇小说、诗歌、随笔，总是引起同学围观，争相传阅，催着你推出新作。你对我做过最浪漫的事，也是我一生都引以为傲的事，就是你追求我时每天为我写一首情诗，那也是你创作的巅峰。如果没有思念，没有爱情的力量，我想就是海子也不会这么高产吧。每天一首，整整四十首，每一首都是经典，每一首我都视若珍宝。时隔七年，至今我仍津津乐道，这是我们做过最浪漫的事。你在诗集的扉页上写着："亲爱的，给你的季节总是春天，让你的人生没有遗憾。"是的，你一直这样践行你的诺言，你总是像长辈一样包容我、宠爱我，你也一直是一个合格的丈夫，用温情温暖我，让我虽然已为人母，但还是单纯的像个孩子。

你走了，为国、为家、为人民。你走得猝不及防，但你也走得大义凛然。身为警察，你恪尽职守；作为党员，你勇于担当。就像你写的《人民警察赋》一样："为抗灾难，舍生忘死，英雄辈出"，"英雄不死，薪火相传"。你是英雄，党、国家和人民永远不会忘记你。

你走了，我就长大了。"青铜镜前，让我为你守好最后一眼的容颜"。告诉你一个好消息，你马上就要有一个新的称谓了，那就是诗人。你写的诗马上就要结集出版了，我乐于把这些诗送给更多的人，让更多的人了解你、欣赏你的才华，让更多的人沐浴在你的春风里。你一定特别高兴，我也替你高兴，你成为真正的文学青年了，为你骄傲、为你自豪。虽然你的离开让我的人生有缺憾，但是我不后悔与你相识、相知、相爱。如有来生，我还要与你久久厮守。请君放心，我定全力奉养老人，精心养育吾儿，愿各自安好，写意山水。

爱妻：王晓宇
悲痛泣于家中书
2020 年 3 月 17 日

序

春天同学要出诗集，这是一件令我高兴万分的事，然而高兴之余又不免神情紧张，原因是春天同学嘱我作序。为学十余载，写了几篇学术研究小文，为他人作序，这是第一次，盛情难却之后便只好从命。

我与春天同学亦师亦友，他在诗歌创作方面甚至可做我的老师。平心而论，我最欣赏他的地方有两处，一是他的人缘好。在大学从教七年，教过的学生可以千计，上课时我习惯以班级同学为例讲授知识，每每以春天同学为例，听到的都是充满善意和温情的笑声，似乎春天同学是大家公认的好好先生，全班百余名同学无一例外——这在我数以千计的学生中是唯一的。二是他在文学创作方面的坚守。在当下这样一个物欲横流的时代，在我看来，坚守文学其实就是坚守着心中的理想——那块人类最为纯净的精神田园。读春天同学的诗，《枯井》也好，《妙语春风》也好，三三两两之句，却有种春风拂面、舞雩而归的感觉，轻松和惬意在心底油然而生。对于诗歌作品，我最害怕的就是无病呻吟，读春天同学的诗作不但没有这种担忧，反倒萌生了想要探究这个大学男生内心世界的念头。从文心到人心的审视，是诗歌独具的魅力，也正是诗歌的责任——引领我们自省，省视生活、省视自我。春天同学将其诗集命名为《妙语春风》，真是很贴切。也祝福这样一个文学青年，永远秉持中国文学的优良传统，诗意地栖居在这样一个纷繁而又多彩的世界中。

原昊

癸巳正月廿九书于大庆师范学院

补记：惊闻王春天在新冠疫情阻击战中光荣牺牲，于惊愕颤抖间略作数语，往事依稀浮现，回忆化作泪痕。今闻王晓宇于万分悲痛之中，意欲展春天之文思才情，圆春天之文学梦想，积极奔走努力，筹划诗集出版。特在春天诗集出版之际，作为补记，附于原序之后，兼表追思与怀念。

王春天是大庆师范学院文学院2010级汉语言文学专业的一名学生，他在校期间，温文尔雅、才华横溢，甚至在许多领域对我启发良多。给我留下最深印象的，是春天同学身上展现出来的两对“矛盾”——其相貌与其人缘及文学才华大相径庭。

春天同学不苟言笑，通常来讲，这样的人往往深居简出、离群索居；春天同学为人忠厚老实，通常来讲，这样的人往往缺少丰富的文学情感和细腻的诗歌笔触——但实际情况却恰恰相反。

时至今日，我在高校讲台上站了十四年，以蝉翼之识、绵薄之力教授学生近万名，在我教过的所有学生之中，王春天同学占了一“最”，那就是人缘最好——从2013年所撰序言中，便可清晰得见。春天同学求学期间，我充分体会到他与同学的融洽相处。也正因如此，我得知他工作后作为公安民警与辖区居民相处融洽、鱼水情深，便觉得再正常不过了。在我的教学生涯中，王春天同学还占据一个“唯一”，那就是唯一请我写序的学生。

春天同学在校读书期间，让我感觉到最惊讶的，是在他忠厚老实的外貌下，却有着极其丰富的文学情感，而且春天同学真正做到了用细腻的笔触记录情感。王春天同学是文学社的社长，担任此职务的同学，理应文笔出众，我也偶尔读到春天发表的诗，觉得情感纯真、笔触细腻。直到有一天，春天同学找到我，说一个热爱写诗的朋友送了一本诗集给他，而自己觉得应该礼尚往来，所以也决定将自己的诗集送给朋友。得到了我的鼓励后，春天同学给我布置了一项“功课”——为他的诗集写序。坦白地讲，我一直坚持从事学术研究，但素来不擅写作，几乎没有任何文学创作方面的成就，给一个诗人的诗集写序更是从未有之。但作为老师，我硬着头皮给春天同学做了一篇小序，算是完成了任务。自编的诗集印好后，春天同学送来一本给我，让我觉得倍感珍贵——诗集中有春天的四十首诗、晓宇的若干照片，当然，还有拙作之小序。读春天的诗，如沐春风，不禁让我忆起《论语·先进篇》中被称作《侍坐章》的一句话：“暮春者，春服既成，冠者五六人，童子六七人，浴乎沂，风乎舞雩，咏而归……”这其中还有一段轶事，就是我的序言在排印过程中，莫名其妙地衍生出一些讹误，这种“讹、脱、衍、倒”，自然成了我在给学生讲授中国古典文献学中“校勘学”一章的绝佳教学案例。于是每次讲授文献学，讲到“校勘学”中古典文献的错误，我必眉飞色舞地给学生讲起此段有趣的往事。所以我也坚信，上过我这门课的汉语言文学专业的学生，一定记得他们这样一位洒脱而优秀的师兄。上引《论语·侍坐章》，记载的是孔子组织子路、曾皙、冉有和公西华四个弟子各抒己志的故事。于我而言，读春天其诗，如徜徉曾皙之洒脱志向；品春天其人，如得见子路之壮哉气度——外在讲情怀，内在修品格，是谓洒脱之志向；事业敢担当，工作肯奉献，是谓壮哉之气度！

回忆无比美好，现实无比残酷。惊闻春天同学作为人民警察倒在抗击疫情的第一线，十分悲痛。更悲痛于他刚入而立之年、孩子尚在襁褓之中，却英年早逝。时值举国抗击疫情的特殊时期，又感春天同学的牺牲，悲痛之间，不禁落泪。手抚《妙语春风》，更觉扎心之痛。抗击疫情期间，大庆师范学院徐克明书记、乔志和校长以及文学院赵丽院长等校院领导送去的悼念和慰问，代表着母校全体师生的哀思。而我，于潸然间，拾零往昔，悲痛于美好记忆竟定格于此，呜呼哀哉。

沉痛悼念王春天同志，牢记他为祖国作出的贡献！

认真学习王春天同志，珍惜他为人民创造的幸福！

王春天，我以你为荣、为你骄傲！

英雄，一路走好！

原昊

2020年2月书于大庆师范学院文学院

特别鸣谢王大伟教授无偿为本书
提供手绘插图

目录

留白生命

——水墨韵染江山，生命这方留白

长夜
我看见雪落
听见风吟
如同我的岁月经过你的风景
于是山林呼啸
兑换黎明
画工三千　记不住你眉间一笑
相如妙赋　歌不尽你别样风情
我多想此时是为你留白的生命
在这一刻迷醉
用尽一生苏醒

写意山水

你在我书房深处沉睡
一卷静默千年的山水
我等你的香消墨退
一如帘外屋檐
在梅雨温柔里哭至疲惫

天涯霜雪　繁华的梦寐
你从策马江湖里错过
我在错过中追随
追随你飘向江南
为你青石板街打伞迂回
追随你北上长安
陪你一夜笙歌　一生憔悴
最后我守着宿命
捧着月色　成灰
无惧是非

不画帝王将相
不描敦煌神飞
只为你是我用生命的写意山水
画轴上始终浓墨重彩的那个谁

点绛唇

贪恋红尘
无奈总为断肠人
几番旧事
夜阑不消魂
经年沉沉
华灯映此身
最是恨
泪痕点点
君爱多几分

罪

我被放逐到塞北荒凉
只因贪恋你歌莺舞燕
年年红妆
从此不见你倾倒城邦
满目生死茫茫
当相思堆成戈壁
鸿雁丢掉南飞的翅膀
再没有雨疏风骤的漫长
一切你的清风明月
只够寄来痛哭一场
我罪无可赦
遍体鳞伤
一朝老去了毕生期望
可你多情的目光
又写上我来生的罪状

花开的彼岸

我在黄沙古道上失魂
守着斑驳老树
等待你走出城门
宁愿将此经年断送
而相信你是与岁月私奔
私奔到了含笑的远山
缠绵过客
雨打青衫
我若再一次把秋水望穿
就会看见你站在花开的彼岸
低首敛眉
衣袂飘然
完整我一生挂牵

寻　找

黄沙滚滚
残阳当照
一万倍痛感黑夜来到
荒原尽出　炊烟袅袅
衰草殷红　长河流进冰冷的怀抱
你隐没在寻常村落
无从知晓
瘦马在江湖里一朝变老
我还是放不下对你的寻找
半生潦倒里风雨潇潇
恩怨也罢
终了不过
一场宿命的玩笑

诗的语言

冬天的风声总被雪映成皎洁
那花朵凋谢　也暗香那抹离别
你在我心里像是月色却始终体贴
你要飞过沧海
不再当我的蝴蝶

当杨柳堆烟蒹葭穿越情节
尽了今日醉意在伏笔下为你书写
青丝熬成白发
红药桥边
谁等谁一路狂草的倾斜
所谓诗的语言
浮夸太多的风花雪月
诗人越卑微的灵魂
只为博你的了解

画地为牢

时光雕刻了谁的肩膀
谁的眼底又弥漫了风霜
青梅竹马也经不住远方
留下几分幻想
随我楼外青山
策马流浪

不怕兵临城下战马嘶鸣悲怆
哪只有贪恋鱼传尺素年年红妆
我愿折腰献上这爱慕瞬间泛黄
只换你梦中贪欢半晌

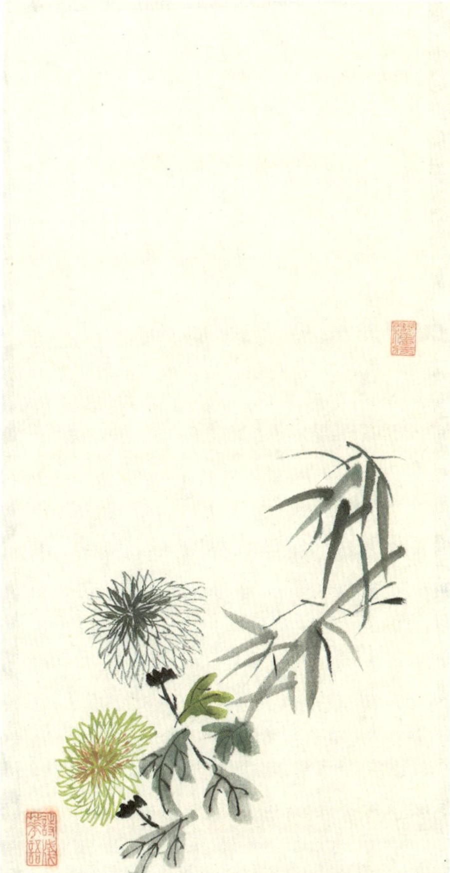

时光静好

充满整个腊月的相思
失眠仿佛无关紧要
海棠偷偷印上你的笑
模糊去向
想你此刻是红尘紫陌　花落南洋
想你彼时是深锁春闺　渔舟晚唱

素颜勾勒的你静悄悄
一如帘外芭蕉惹起整个夏日的骄傲
远处的时光静好
无论你共此长路
还是独自过桥

长相思

长相思　久长时
隔江相望归迟迟
长相思　雪落时
春风不度绿几枝
等视风流青瓦色
拥风独吟惆怅词
杨柳念也痴
长相思　梦醒时
韵留妆谢映清池
秦淮淡月色
留别也矜持

踏雪寻梅

你是前生注定的一朵花
开在我必经的天涯
我不想错过你的花期空留马蹄哒哒
你却在等待中伴着雪花
满山挥洒

当流水冻结如繁华
驿外桥边
你美丽中诀别天下
我愿弃车下马
甘为过客无家
难捱寻春过夏

画匠

蔷薇在夜色中挥发
正如你乘舟彼岸顺流而下
奔向熙熙晚霞
独留我远山寺塔

情字坐化
罢却红尘十万牵挂

工笔画
画尽你红妆淡韵潇洒
任岁月如刀向麻
你泪中带笑映满梨花
这抹别离常来梦中
却难成笔下

当冬日渐暖

你那里可是生机盎然
眼前该也有一场烟花
一遍遍飘散
当冬日渐暖
我明了是春风不急待召唤
正如我习惯落寞等待中涣散
如何期待相聚又别离的思念
当冬日渐暖
我的离殇融化成新月一弯
受五百年风化
五百年严寒
只为你含情一瞥的夜晚

日　暮

看一回羁鸟归旧
数一数炊烟的自由
我望断松林寂静雪后
雪后是黄昏想你时逗留

灯下你旧时容颜红透
纵万种风情空有
我不甘这一遭宿命奔走
对着你背影似柳
静默俯首　苦苦哀求
求你一个回眸
一个多娇的翘首
不枉我他乡客死
泪满衣袖

月下雪愁

茫茫雪后　月色冷依旧
你是否还像别时一样清瘦
景色已变　依稀　还有一席为我留
遥记当初倾慕　还未飞雪盈头
当时风无忧　却吹出眉间细愁
你浅浅回眸　撩我寸寸心旌　情牵素手

时光偷走　乱世人难留
如今月在枝头　西风吹袖　幽幽
飘飘飞红处　哪堪游走
数不尽离愁　歌不完好梦来由
雪月风花非我有　更何求
转眼　风微皱　月又羞　雪颜依旧

恋曲

在古人写意画卷里
有八千里江山
和盛开千年的你
在黑与白的构图中
隐藏着秘密

我走千山暮雪　孤影把你寻觅
芬芳馥郁又何止美丽
幽幽山谷　无是无非　绝世独立

我匍匐跪地
放下恩怨
抚琴提笔
用血液为你着色
再为你谱一段恋曲

枯　井

我看你是本难念的经
胭脂烫　一场蝴蝶恋花的风景
我想你是杯离乱的茶
狂饮而下　一直漂泊的魂灵

从来凡尘含恨
不解你这种多情
任竹马老去　青梅凋零
就算再一生空等
切记来生我当你红色新娘时路边枯井
若掉我一滴泪水
便为你翻涌曾经

唯你是从

那年命中注定　与你相逢红尘中
诗的韵脚　为你掀起一阵暴风
若非一道暗涌　向着天涯过客匆匆
你说诗人的爱与不爱都无疾而终
如此信手拈来　何必剑走偏锋
你若见血封喉　或许我不再有痛

向北向南　目送爱情一场冲动
江湖初生　爱慕沧桑追逐霓虹
你生来无忧　拨弄离合于掌中
生命之轻　却邂逅半生如此厚重
你把往事断送　爱我不淡也不浓
唯你是从　甘愿作茧自缚千年冰封

善　缘

时光无限　江南正炊烟
黄昏归燕　这种状态如你所愿
爱恨涌上孤舟　在你之前

出水芙蓉　丽质自诩好比天然
特立独行　如斯寂寞尘世无休的阻拦
难舍难分　日后何处寻此善缘

红豆生春几何　我的相思无可消减
亲爱的　我笃定此生与你相关
你却说我亦真亦假惯于疯癫
将此情掷到长河时间
结局晕开
只见你的名字写满蓝天

孤独百年

梦总梦见　有你在天边
笑只笑着　想你的流年
都曾错过　这一路青春好多张脸
你独落寞　一曲唱罢泪满了红颜

风也只是吹过　何必抱怨
我不在一百年后
正如你不来一百年前
雨却执意没完　苍天有眼
淋满你的漫道雄关
我不过　孤独的一点

瘾

浪子轻饶
输尽青楼梦好
却也了了
与其黄沙孤烟古道
独领风骚

酒招旗风萧萧
几次醉倒
人生渺渺　病若枯槁
只在遇见你这味良药
从此对你上瘾
不管疲劳
覆辙重蹈

叹 息

辗转几世情债已经泛黄
铭刻青碑石上
始终落款不详
我明了那是你的暗号给我真相
熟悉的笔迹早已拓在我的心上

倾尽一身心血捞不到半点月光
你是我的正史记载　穿越蛮荒
我诗卷空白几章
诠释我不改年少轻狂

你叹息前世飞花雨中忧伤
拿苍生典当
徒我面壁思量

我日思夜想的容颜

我日思夜想的容颜
定格在你芳龄　挂在云边
任烟花易冷　花朵风干

我日思夜想的容颜
不愿霜雪流连
凭此生不换　抵来世疯癫

我日思夜想的容颜
是你眼神回复渲染
我在醉生梦死中可怜
我日思夜想的容颜
一场入戏的表演
结局阑珊　曲终人散
可与你天地浩大　共数屋檐

活 该

溪边河口
依稀昨日折柳
一如你从不管这种默默有多久

诗在半截纸上等候
等候落空翻过你温柔几首
若真见你倾国倾城　高楼舞袖
至少是笙歌错落　伴君饮酒
便无妨我流落街头
活该我雨疏风骤

念首诗给你听

念首诗给你听
好像你离乱后风铃
响起窗前沧海
淹没天涯相逢

念首诗给你听
我是多盼望你是娘子
当荒村野道结冰
在柴米油盐中苏醒
此时我的牵挂充满堆砌
彼刻你把韵律绝望曾经

诗的语言

亲爱的
诗的语言总是期待
你守着电话等意外
诗的语言常常忧伤
你说灰色天布满阴霾
时光机器被掩埋
回不到过去　看不清未来
了解清风细雨的感叹
明白飞花碾落的风情

诗的语言缠绕过往
诗的语言勾勒未来
你不信宿命的安排
却将情紧紧系牢
不懂刀剑如梦的潇洒
沉醉刀剑如梦的心伤

挥　毫

远岱青山　走了好远好远
宿昔不梳　苦读寒窗十年
你宁为添香红袖
而拒绝一晌贪欢
如今你美目当年
青丝情牵

等闲一个除夕
虚度几多流年
若非我拼尽半生下笔
也不过是你凌空挥毫的泪滴

借你的孤单

如何在你最美的时刻与你相遇
你说年少不知　太多游戏
空受叹息　这段多情何必

我爱你这片空气
遗憾埋在每个白日梦里
借你的孤单没有欠据
所以还你　也遥遥无期

梦回酒醒

假如这过往是一场推杯换盏
你我醉在梦中
思念延长成恩怨
狂饮下　这杯凄惨
你笑我沉浸于宴席已散
我怨你那杯离去的太决然
醉时星河空转
醒来绝笔墨痕　风干
如今命运不堪
我与你醉后将此世定盘
何妨你迷醉温暖
何妨我西风独寒

风雨冷沧海

记忆中这个冬天和那张脸
突然变红
一如无数张面孔缠绕面前
勾勒懵懂
山河永寂　你唏嘘几段悲欢
今夕何夕　烟花绽放出月圆
乌云无由都为你飘散
你又何必万丈尘缘
此刻你沧海回顾无言
你转身　冷笑意浅　从未改变

洪荒岁月

谁厮杀着午夜战场
是无法忘记你苦等张望的城邦
冰荷雕刻不出是谁的苍凉
时光印上你此刻的红妆
失色苏杭
你裙带飞来芬芳　凄然北望
雁子回时　爱你砌一堵城墙
如来世你变了模样
我就化成清风　徘徊你熟睡的晚上
叩响你的门窗

谁的

山是谁的
我不曾翻过
哪里屈指出执着
风是谁的
我借来吹落
却吹来你岁月蹉跎

一路高歌
长安夜乱中结果
此间无数凋谢世道　大雨滂沱
我苦苦追问你是谁的
你娇首不语
我一生寂寞

怨

写意的城
伏笔在梅雨时节
窗外一笔飘逸的山水
一点含笑的泪

知音不赏　如燕纷飞
我等你　半壁月明无悔
江山落款　惦记　你迟迟不归
落花怨蝶　船怨流水
而我该怨谁

你

望眼欲穿　你那里也许正是炊烟
佯装平淡　不冷不热兑换孤单
俗世凡尘　你气质飘然　令我寝食难安

诗词古板　写不进过往无法阻拦
前路繁荣　爱与不爱绝不敷衍
红尘俯看　今日拼尽一切断言
抽象青春　这样的你　我好喜欢

妙语春风

每一次遇见你都掩盖欢喜
害怕梦里丢失了记忆
醒来总幻想你在身边不离不弃

你的美丽定格在二十二岁的照片里
眼神迷离　将我的魂魄勾去
表情喜剧　开朗我人生无法逃避

案眉轻举　两小竹马　从无猜疑
青梅苦涩　媒牵月老　人间伉俪
春风过玉门千里　只读妙语
我拾起勇气　这样爱你

沸　腾

相见梦中
你是我新娘一抹红
荼蘼开着　牵着我断线的风筝

儿女情长　缠绵往事　老去人生
最肯忘却相思古风
却为你牵扯又一本曾经

任你嘲笑我踌躇绝非英雄
不肯离开也不想如何重逢
你让我沸腾
又让我跌入冰冷

灿烂

夜色无边　爱慕向晚
我的思念表达　已经简短
意象最美　是对你视线再没有转弯

诗章血红　甜蜜笼罩心酸
素眸滚动　唐突惹一笔简单
向北向南　给你一切圈揽
马首是瞻　你这片阳光　给我灿烂

相 思

爱似潮流　几番来由　独上兰舟
锦书寄来白首　落花水流
茫茫山路　高飞远走
与你良辰不朽　长亭留恋执手
邀你重游　晓风残月空有
羡岸边杨柳

两端挥霍愁绪
不曾来你眉头
却永远在我心头

送别

云海蔚蓝的天
城墙颓卸苍老了几年
阁楼飘来谁唱的临江仙
绝口不提的只是思念
石塘流淌的月
邂逅之后全部都是夜
我又怎忍心写下离别

羞涩斑驳的岁月
痴痴念念　幽幽怨怨
当尽兴余欢　当月斜江边
青铜镜前
请为我守好最后一眼的容颜

佳人独赏

二月慌张　始终冰凉
燕子飞起　风儿打转给不出方向
纸蝶翱翔　断魂沐浴蓝天中隐藏

雪花荡漾　已不复旧时模样
略带暗香　白的太过牵强
相见在望　爱你原来如此断肠

前程风光　拉长悸动拖延疯狂
画里人生　图把你与江南景致一并收藏
别来无恙　想佳人美目　我赏了又赏

歌颂

如同春风渐渐平静　思绪飞舞
喧嚣归于尘土　你来得突兀
别后寂山寂水　风雨平复

你花开的颜色　动人楚楚
美眷幸福　起杯落盏　一幕一幕
用情赌注　输掉幸福　万劫不复

伊人起舞　我服下爱慕　含毒
悬笔诗集此处　刨开心腹
爱你这本歌颂　永无结束
情诗像岁月　埋葬了无数寂寞的灵魂
为你写诗　为你静止

逝者如斯

——献给你生日

逝者如斯
逝者如斯
想抓住你的伤感
要抚摸你的影子
到头来
却不过蜉蝣之梦
来不及睡着
又怎么开始

到如今　心猿系紧了缰索
意马　就觅在你这座城池
而我　只在这寒风与冬日之间提笔
为你写下这不曾浪漫　却温暖的句子

当你伏案为我写诗

当你伏案为我写诗
记下花满枝桠的昨日
低首敛眉地徐徐退去
淡淡的忧伤
当你伏案为我写诗
记一段无暇回忆
呈一颗温柔的内心
给一份洁白的恋情

光辉岁月

从漫天大雪到芬芳满地
从试图刻骨到无法忘记
欣慰的痛苦是破茧成蝶
喜悦的绝望是黎明前的黑夜
平凡粗糙的日子
成为我生命中的万水千山
使我相信我即将足够勇敢
去拥抱
属于我的光辉岁月
还有你

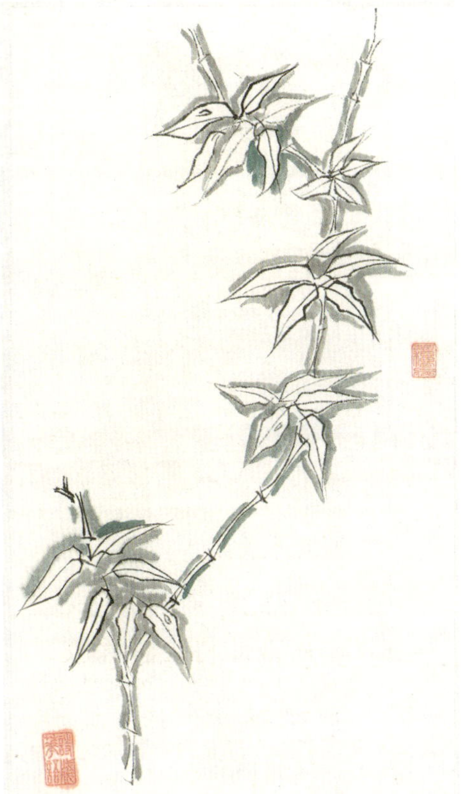

情书

写在纸上太潦草
写到云上太飘渺
委婉只为你能明了
语句文采求曼妙
多一个字的浪漫
少一个字的推敲
我勾勒岁月静好
肆意为你祈祷
祈祷生命没有蹊跷
你总是那一抹的微笑
不管风也飘摇　雨再胡闹
总在犹豫不决时暗暗打扰
像扑火的飞蛾在窗前燃烧
字迹勇敢地模糊掉
就像模糊了你的天涯　我的海角

故事

你在一本线装岁月里
翻开仿佛历史般青色印记
或者浪漫唐风吹醒思绪
或者凄凉宋雨打湿征衣
不慌不忙
都待你从容演绎
你的情节深陷回忆
是否应删掉略带风月的那几集
还是忍泪合上了你
合上了归宿和经年的孤寂
故事依旧细腻
情节辛酸不忍重提
敢问哪里是热闹的花期
给我缠绵的伏笔
教我不能幻想痴情的结局

青梅竹马

那个年纪就像屋后的青草
我的世界是青天白云
是定格于你脸颊的笑
季节为你皎洁的花哨
风很活泼
雨也骄傲
花与蝴蝶的暧昧则刚刚好
经年走得悄悄
属于你的那么少
所有青梅竹马
都已泛黄了　模糊了
变得飘渺
不知今日的你
是否衣袂飘飘
或者如我潦倒
在漂泊的岁月里
可也有了依靠

失于此殇

那时莺飞草长
那时旭风和畅
你温柔了我的岁月
惊艳了我的时光
此间光影满墙
此去各奔一方
你保持默然的向往
我期待旧时的模样
后来渐渐沧桑
后来慢慢回想
如果你不是那个过往
如果你成了我的新娘

人民警察赋

警察者，国之利器也，与阶级同源，与国家同生。我中华之警察，生于行伍之间，经岁月峥嵘，关山漫漫，而不改本色；历铁血春秋，红尘滚滚，而愈加忠诚。秉法律标立准绳，执干戈以卫社稷，而来六十余年矣。

曾几何时，华夏遭难，列强裂土，鬼魅狰狞，祖先无言。纵八千里江山竟为涂炭，两千年月色惨淡不堪。为此时，晴天响雷，大海扬波，英雄神武从天降，一唱雄鸡天下白。只觉苍天方溃溃，欲凭赤手拯乾坤。驱鞑虏，得解放，伟业成，奇功毕。既国已定，民已安。然帝国主义尚有亡我之心，特务土匪常有匪患之祸。英雄未老雄心在，脱下戎装换警装，长枪在手杀贼寇，红心向党解民忧。一时间特务土匪无处遁形，人民政权更加巩固。

英雄不死，薪火相传。改革以来华夏大地如沐春风，日新月异，警察之职更兼繁重。故临此巨变，审时度势，扩充队伍，广纳贤才，聚关东豪杰、齐鲁壮士、陇蜀才子、吴楚佳丽，共天山俊杰、草原健儿、青藏长兄、渤海贤弟，汉维蒙回，五十六民族好兄弟，手挽手兮结同心，肩并肩兮创伟绩。聚成一团火，散作满天星，从治安到刑侦，岂止三十六计；从打击到防范，决心铸剑为犁。寻线索、捕真凶，不畏出生入死；访民情、察民意，踏遍阡陌交通。穷凶极恶，奈何战士雄心；冰雪盈怀，怎敌巾帼豪气！一时犯罪分子闻风而胆寒，人民群众拍手而称快。虽如此，我人民警察亦未有居功之喜，自傲之心，尝觉博采众长才能相互印证，故步自封必将粗陋浅薄，于是兴科技以求与时俱进，重纪律以树公仆美名。信仰坚如磐石，虽岁月交替而不能移、心智韧如柔练，虽困苦艰辛而不可摧。刚柔并济，百折不回，雷厉风行，与罪犯常能横眉冷对，对群众甘愿俯首为牛。

大地存心间，山川在脚下。风霜沐浴强健躯体，生死考验铸成警魂。为铲罪孽，三分剑气，豪迈如虎；为抗灾难，舍生忘死，英雄辈出。呜呼，长歌当哭，几度喋血执着苦；长袖当舞，守护盛世已孤独。